Holiday

节日POP

传统节日篇

广西美术出版社

目录 Contents

Part1 学习篇

1 入门知识

一、什么是POP广告？

POP广告是多种商业广告形式中的一种，英文全称为Point of Purchase Advertisement，point意为"点"，purchase 意为"购买"，POP即"购买点广告"，这里的"点"，既指时间概念上的点，又指空间上的点。因此，POP 广告具体就是指在一定的时间和有效的空间位置上，为宣传商品，吸引顾客、引导顾客了解商品内容或商业性事件，从而诱导顾客产生参与的动机及购买欲望的商业广告。

例如，在商业空间、购买场所、零售商店的周围和内部以及在商品陈设的地方所设置的广告物，包括商店的牌匾，店面的橱窗，店外悬挂的充气广告、条幅，商店内部的装饰、陈设、招贴广告、服务指示，店内发放的广告刊物，进行的广告表演，以及广播、录像、电子广告牌广告等这些都属于广义的POP广告。从狭义来理解，POP广告仅指在购买场所和零售店内部设置的展销专柜以及在商品周围悬挂、摆放与陈设的可以促进商品销售的广告媒体，包括吊牌、海报、小贴纸、旗帜等。（图1）

图1

二、POP广告有哪些种类？

POP广告的主要商业用途是刺激引导消费和活跃卖场气氛，一般应用于超市卖场及各类零售终端专卖店居多，它的种类繁多，分类方法也不同。

如果从使用功能上分类有：

店头 POP 广告：置于店头的 POP 广告，一般用来向顾客介绍商店名称和即时主打产品，如看板、站立广告牌、实物大样本等。（图2）

图2

垂吊 POP广告：一般用来营造购物环境或节日气氛，如广告旗帜、吊牌广告物等。（图3）

图3

地面 POP 广告：从店头到店内的地面上放置的 POP 广告牌，具有商品展示与销售功能。（图4）

图4

柜台 POP 广告：是放在柜台上的小型POP，主要介绍产品的价格、产地、等级等信息，如展示架、价目卡等。展示架上通常都要陈列少量的商品。值得注意的是，展示架因为是放在柜台上，放商品的目的在于向顾客说明产品性质，所以展示架上放的商品一般都是体积比较小的商品，且数量较少。适合展示架展示的商品有珠宝首饰、药品、手表、钢笔等。（图5）

图5

壁面 POP 广告：附在墙壁上活动的隔断、柜台和货架的立面、柱头的表面、门窗的玻璃上等的 POP 广告。主要用来宣传商品形象、店内销售信息，如海报板、告示牌、装饰等。（图6）

图6

陈列架 POP 广告：附在商品陈列架上的小型 POP，传达产品相关信息、材料和使用方法等，如展示卡等。（图7）

按广告的内容来分有：商业POP广告和校园POP广告。按制作手段来分又有：印刷类POP广告和手绘POP广告。（图8）

图7

图8

三、POP广告的过去、现在与未来的趋势

POP广告起源于美国的超级市场和自助商店里的店头广告。1939年，美国POP广告协会正式成立后，自此POP广告获得正式的地位。20世纪30年代以后，POP广告在超级市场、连锁店等自助式商店频繁出现，于是逐渐为商界所重视。60年代以后，超级市场这种自助式销售方式由美国逐渐扩展到世界各地，所以POP广告也随之走向世界各地。

就其宣传形式来看，早在我国古代，就已经出现POP广告的雏形。例如，酒店外面挂的酒葫芦、酒旗，饭店外面挂的幌子（图9），客栈外面悬挂的幡帜，或者药店门口挂的药葫芦、膏药等，以及逢年过节和遇有喜庆之事的张灯结彩等。

图9

POP广告在20世纪七八十年代流传到我国，到90年代由于受欧美及日韩地区的店头展示的行销观的影响，中国大中型城市的各种卖场、店面上出现大量以纸张绘图告知消费者信息的海报，形成一波流行POP广告的潮流，大量的图案及素材活泼地呈现在海报纸上，色彩丰富，吸引人的目光。而除了在商业上应用之外，校园内也逐潮流行起海报绘制的工作，举凡社团活动、学会宣传、校际活动，无不利用最简单的工具来绘制出五光十色的海报。近年来，随着社会经济的迅速增长，POP广告的形式不断推陈出新，POP广告文化也日趋丰富。

目前，商家已充分认识到POP广告在产品零售终端举足轻重的促销作用。在竞争激烈的市场里，他们绞尽脑汁，不断改进。为了有效地配合促销活动，在短期内形成一个强劲的销售气氛，POP广告现在已从单一向系列化发展，多种类型的系列POP广告媒介同时使用，可以使营业额急速升高。此外，声、光、电、激光、电脑、自动控制等技术与POP广告的结合，产生出一批全新的POP广告形式，虽然成本较高，但是却能迅速吸引消费者注意力，大大提升促销效果。以手绘的办法来制作POP广告，它以方便快捷、价格低廉和极具亲和力的特点，成为各大超级市场的首选促销形式。

（四）、POP广告的五大功能

1.告知产品信息和卖场指示的功能。通常POP广告，都有新产品的告知、宣传作用，此外还能起到商品及贩卖场所的指示、标志等功能。当新产品出售之时，配合其他大众宣传媒体，在销售场所使用POP广告进行促销活动，可以吸引消费者视线，刺激其购买欲望。

2.唤起消费者潜在购买意识。尽管各厂商已经利用各种大众传播媒体，对于本企业或本产品进行了广泛的宣传，但是有时当消费者步入商店时，已经将其他的大众传播媒体的广告内容遗忘，此刻利用POP广告在现场展示，可以促进对商品的注目与理解，唤起消费者的潜在意识，重新忆起商品，促成购买行动。

3.取代售货员的功能。POP广告有"无声的售货员"和"最忠实的推销员"的美名。POP广告经常使用的环境是超市，而超市中是自选购买方式。在超市中，当消费者面对诸多商品而无从下手时，摆放在商品周围的POP广告，忠实地、不断地向消费者提供商品信息，可以使消费者了解商品的使用方法，开发需要性；在特卖期间夸张式的价格表现，还能传达物美价廉的诉求，促成行动购买。

4.营造销售气氛。利用POP广告强烈的色彩、美丽的图案、突出的造型、幽默的动作、准确而生动的广告语言，再配合SP（店面促销）活动，在商品示范或演出期间使用，能增加演出的效果与气氛，塑造出购物的气氛。特别是在节日来临之际，针对性的富有创意的POP广告更能渲染出特定节日的购物气氛，促进关联产品的销售。

5.提升企业形象。优秀的POP广告同其他广告一样，在销售环境中可以起到树立和提升企业形象，进而保持与消费者的良好关系的作用。

五、制作手绘POP广告的基本原则

与一般的广告相比，POP广告的特点主要体现在它的展示陈列方式多样、时效性强、制作速度快、造价比较低廉、极富亲和力的画面效果等方面。它的制作方式、方法繁多，材料种类应用很多，其中以手绘POP最具机动性、经济性及亲和力，它的制作基本原则为：

1.单纯：在视觉传达上要单纯、简洁，使消费者一目了然，了解内容的说明。

2.注目：在内容表现上，要能瞬间刺激消费者，达到注意的目的。

3.焦点：能在消费者注意的一刹那之间，继续诱导至画面的重点。

4.循序：也就是诱导的效果，能在画面上引起注意，产生焦点并循序吸引目光，达成传播目的。

5.关联：也就是统整画面，POP内容应彼此关联，产生群化，达成统一。

6.高效率：在超市卖场中，各种促销信息需要及时、灵活地更换，因此，手绘POP的美工人员需熟练掌握其绘写技巧，才能提高促销效率。

六、手绘POP广告的构成要素（图10）

1.插图：手绘、图片、拼贴、半立体。

2.装饰图形：边框等。

3.文字：标题——主标题、副标题，说明——广告诉求内容，公司名称——广告主名称或卖场名称，其他——价目等。

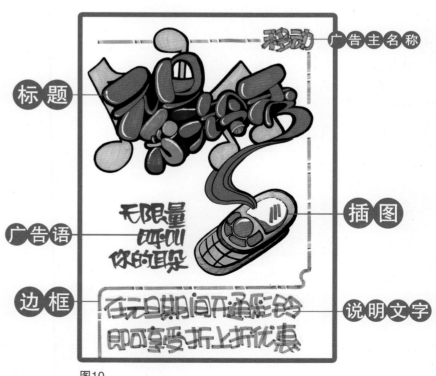

图10

七、手绘POP广告的制作工具

制作手绘POP广告，工具的选择与应用非常重要，选择良好适合的工具，往往有事半功倍的效果。用来描绘或书写的材料工具种类繁多，而每一种各有其独特的表现技法及效果。

各种笔具：唛克笔、毛笔、平头笔、彩色铅笔、铅笔、勾线笔

裁剪工具：剪刀、美工刀

测量工具：尺子、三角板

粘贴工具：固体胶、胶水、喷胶、透明胶

颜料：水粉颜料、水彩颜料

纸张：各种艺术纸张

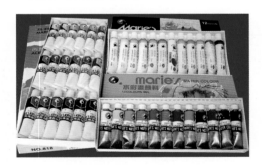

八、手绘POP广告制作步骤

有色纸的POP手绘海报制作步骤：

1.首先针对主题设计出版式，确定标题、插图、说明文字的位置，用铅笔画好草稿。

2.绘写标题字。

3.绘写说明文字。

4.对已画好的插图或文字作进一步修饰。

①

②

②

②

③

③

③

④

④

九、荧光板

又叫荧光广告板、电子荧光板、LED荧光板和手写荧光板。

在酒吧、宾馆、餐厅、花店、咖啡厅、超市、商场、办公室等场所都常常能看到这种文字发光，色彩绚丽，有如霓虹灯效果。光彩夺目的手写荧光板比起普通的纸质手绘POP广告要漂亮得多。它和普通手绘POP本质上是一样的，也是需要自己用笔来画和写出你想要的广告信息。它与普通手绘POP最大的不同就是绘画的材料不一样，普通手绘POP一般是画在纸上，而荧光板是画在玻璃板上。还有一个明显的不同就是底色，普通手绘POP的底色一般为白色，而荧光板为黑色，这也正是购买的专用POP荧光笔里没有黑色的原因，所以需要注意的是很多普通手绘POP里需要用黑色来表现的元素和信息，在荧光板POP里就需要用别的颜色来代替了。

荧光板POP的特点：

随写随改：充分发挥创造性，手写形式多样，随意中体现出别致，刻意营造不同的气氛。

反复使用：它具有可反复多次使用功能，更换广告内容时将表面的图文擦掉即可重新书写。

荧光效果：利用荧光笔书写即可让图文发出绚丽的光彩；可调节多种闪光效果（七彩荧光板）。

荧光笔

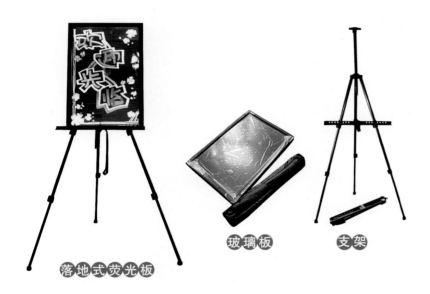

落地式荧光板　　　　玻璃板　　　　支架

台式荧光板　　　　玻璃板　　　　支架

因为荧光板的底色为黑色，所以专用荧光笔里配有的是白色荧光笔，这里就要注意白色荧光笔的使用。

专用荧光笔的笔头也有粗细之分，在绘制POP的时候要注意粗细搭配，才能有更好的效果。

荧光板POP效果

如果您要将本书的其它手绘POP作品变成荧光广告板效果，将范画中的黑色画笔部分，用白色笔绘即可。

2 技法分析·字体 ✳

在绘写POP字体之前我们首先要掌握各种笔的性能，笔头较宽的平头笔绘写起来比较难掌握，因此我们可以先在草稿纸进行笔画训练（图11），掌握基本握笔方法和笔画的画法。入门阶段我们可以通过大量的临摹练习，加强对字形架构的认知，体会POP字体的绘写规律。

图11

手绘POP字体的艺术风格较黑体、宋体等印刷字体来说，更为活泼、灵巧，又带有一点"拙味"，极富亲和力。在绘写当中只要掌握其中的窍门，即可快速进入POP字体的领域：

一、基础字体绘写技巧

1.注意运笔及笔画的方向：接近横笔写横，接近直笔写直，起笔趋平。例如撇、捺。注意运笔方向相反的笔画。（图12）

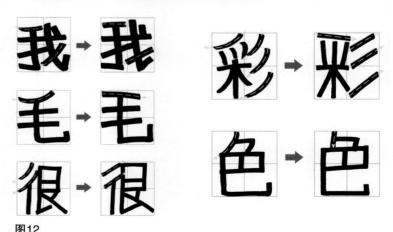

图12

2.改变字形的正常比例。将部首缩小；遇到"口"形的笔画要夸张；上笔画重心偏离，横不平，竖不直。（图13—图15）

图13

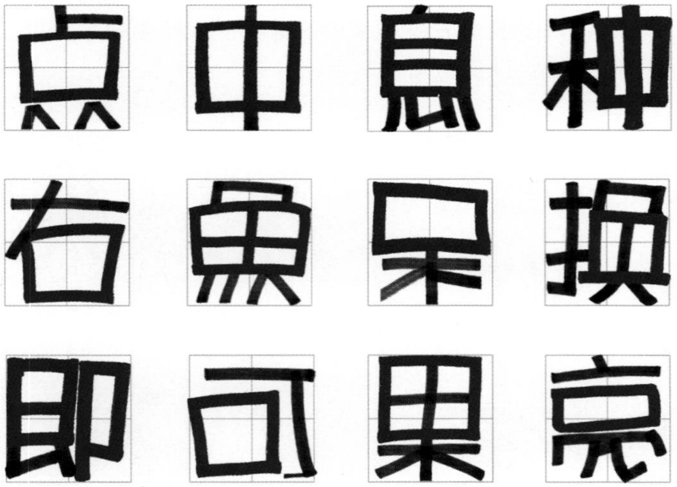

图14

图15

3.变换笔头方向写出粗细不同的字体。（图16）

图16

4.变化某些笔画，增强字体的趣味感。（图17）

二、趣味字绘写技巧

1.加外框：勾外轮廓、加中线、立体字效果、变化外框线的粗细。（图18）

图17

图18

2.表现质感：布纹、木纹、石板、雪、火。（图19）

图19

3.色彩装饰：色块字体分割、色块填充笔画。（图20）

图20

4.笔画变化（图21）

图21

5.添加背景（图22）

图22

6.综合运用：

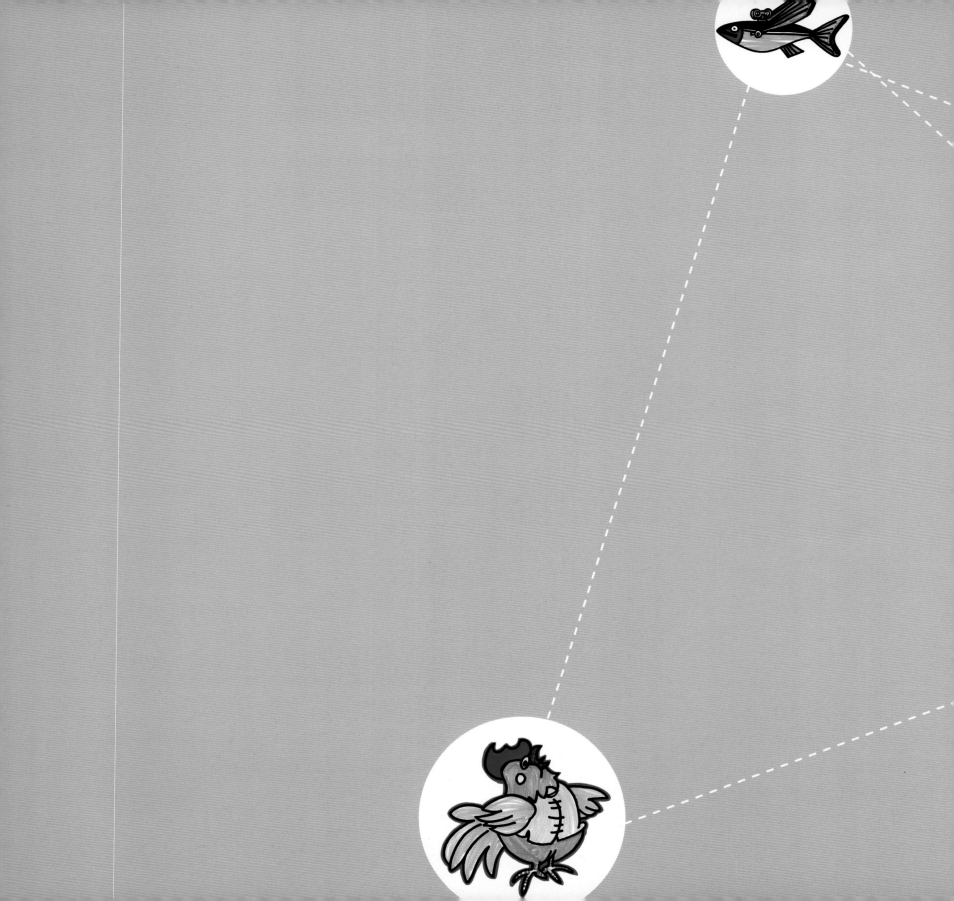

Part2 实战篇

【春节简介】

春节(Spring Festival)，俗称"过年"、"新年"，是中国民间最隆重最富有特色的传统节日，它标志农历旧的一年结束和新的一年开始，是象征团结、兴旺，对未来寄托新的希望的佳节。

据记载，中国人民过春节已有4000多年的历史，它是由虞舜兴起的。公元前2000多年的一天，舜即天子位，带领着部下人员，祭拜天地。从此，人们就把这一天当作岁首，算是正月初一。据说这就是农历新年的由来，后来叫春节。

春节一般指农历正月初一，但在民间，传统意义上的春节是指从腊月初八的腊祭或腊月二十三或二十四的祭灶，一直到正月十五，其中以除夕和正月初一为高潮。在春节期间，我国的汉族和很多少数民族都要举行各种活动以示庆祝。这些活动均以祭祀神佛、祭奠祖先、除旧布新、迎禧接福、祈求丰年为主要内容。活动丰富多彩，带有浓郁的民族特色。

【春节习俗】

祭灶、扫尘、小年、除夕夜、祭祖、守岁、迎春、拜年、年夜饭、贴春联、门神、放爆竹、给压岁钱。

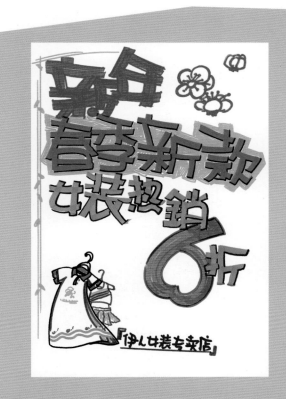

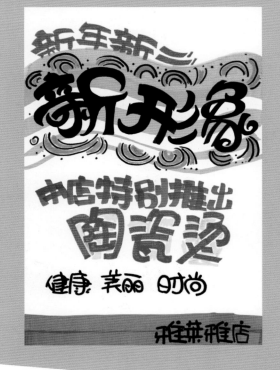

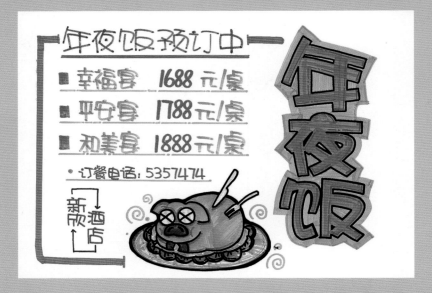

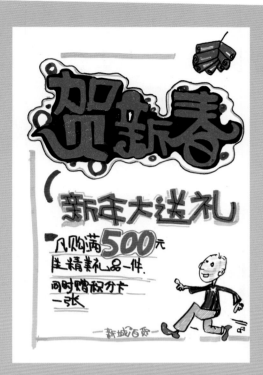

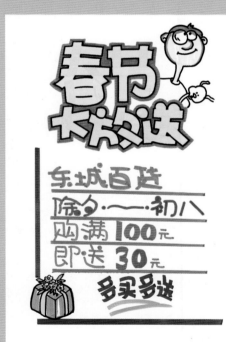

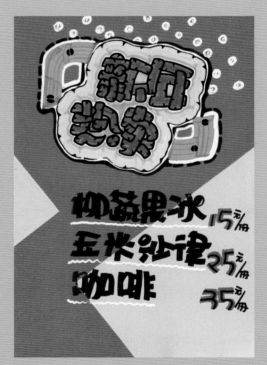

你还可以
这样画

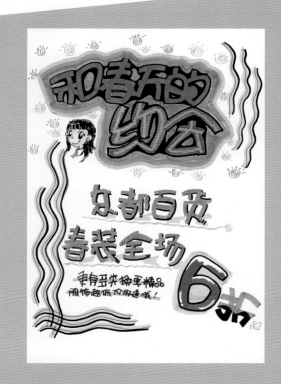

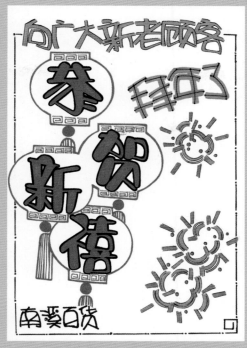

年夜饭

你还可以这样写

你还可以这样画

自豪宴 150元

欢乐宴 180元

团圆宴 190元

小马饭店·

你还可以这样写

欢乐人家
· 亲人团圆
· 朋友派对
· 同事聚餐
就餐送红包
好运就来到
万事如意

恭贺新禧

你还可以这样画

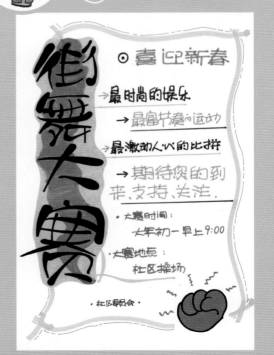

【腊八节简介】

腊八节（the laba Rice Porridge Festival），农历十二月初八，又称腊日祭、腊八祭、王侯腊或佛成道日。原系古代欢庆丰收、感谢祖先和神灵（包括门神、户神、宅神、灶神、井神）的祭祀仪式，除祭祖敬神的活动外，人们还要逐疫。这项活动来源于古代的傩（古代驱鬼避疫的仪式），后演化成纪念佛祖释迦牟尼成道的宗教节日。夏代称腊日为"嘉平"，商代为"清祀"，周代为"大腊"；因在十二月举行，故称该月为腊月，称腊祭这一天为腊日。先秦的腊日在冬至后的第三个成日，南北朝开始才固定在腊月初八。

在民间，家家户户都做腊八粥，祭祀祖先；同时，合家团聚在一起食用，馈赠亲朋好友。中国各地腊八粥的花样，争奇竞巧，品种繁多。人们在腊月初七的晚上，就开始忙碌起来，洗米、泡果、剥皮、去核、精拣，然后在半夜时分开始煮，再用微火炖，一直炖到第二天的清晨，腊八粥才算熬好了。

【腊八节习俗】

腊祭，熬煮、赠送、品尝腊八粥（七宝五味粥）。

你还可以这样画

【元宵节简介】

每年农历的正月十五，春节刚过，迎来的就是中国的传统节日——元宵节(Lantern Festival)。正月是农历的元月，古人称夜为"宵"，所以称正月十五为"元宵节"。正月十五日是一年中第一个月圆之夜，也是一元复始，大地回春的夜晚，所以人们对此加以庆祝，庆贺新春的延续。元宵节又称为"上元节"或者"灯节"，同时也是中国情人节之一。元宵灯会在封建的传统社会中，也给未婚男女相识提供了一个机会，传统社会的年轻女孩不允许出外自由活动，但是过节却可以结伴出来游玩，元宵节赏花灯正好是一个交谊的机会，未婚男女借着赏花灯也顺便可以为自己物色对象。元宵灯节期间，又是男女青年与情人相会的时机。

【元宵节习俗】

元宵节是春节之后的第一个重要节日，所以内容十分丰富。人们在晚上可以"闹花灯"，即张灯、观灯、打灯虎，还可以放花炮、焰火。上元节的应节食品是元宵，香甜味美，深受大家的青睐。

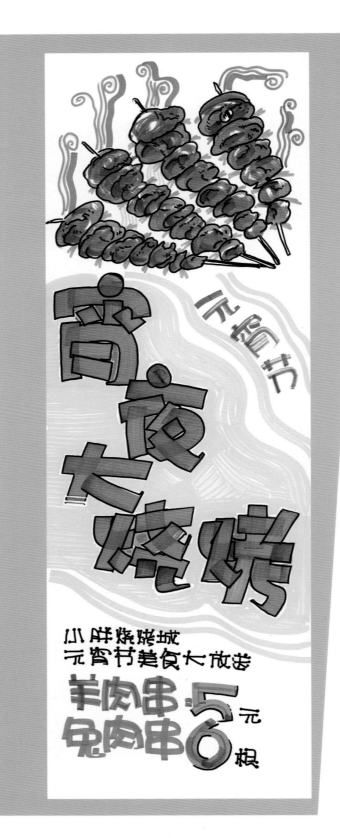

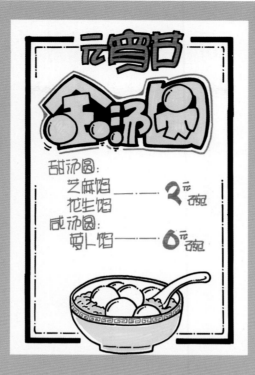

你还可以
这样写

元宵佳节

你还可以
这样画

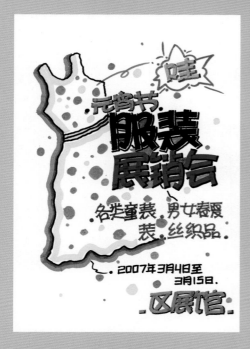

哇

元宵节
服装
展销会

各类童装.男女春夏
装.丝织品.

2007年3月4日至
3月15日.

区展馆

吃汤圆

十到桂兴酒店
全家福
59元/套

迎办小元宵

思念元宵 8元/500克
三明元宵 7元/500克
吉祥元宵 5元/500克

媛媛百货

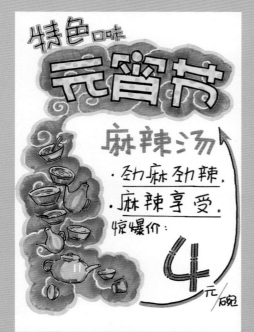

特色口味
元宵节

麻辣汤

·劲麻劲辣.
·麻辣享受.
惊爆价:
4元/碗

传统系列
元宵节

●看花灯
●猜灯谜
●吃汤圆

文化宫

媛子百货
元宵推荐

汤圆

6元/500克

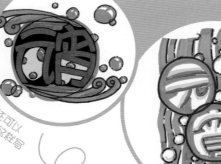

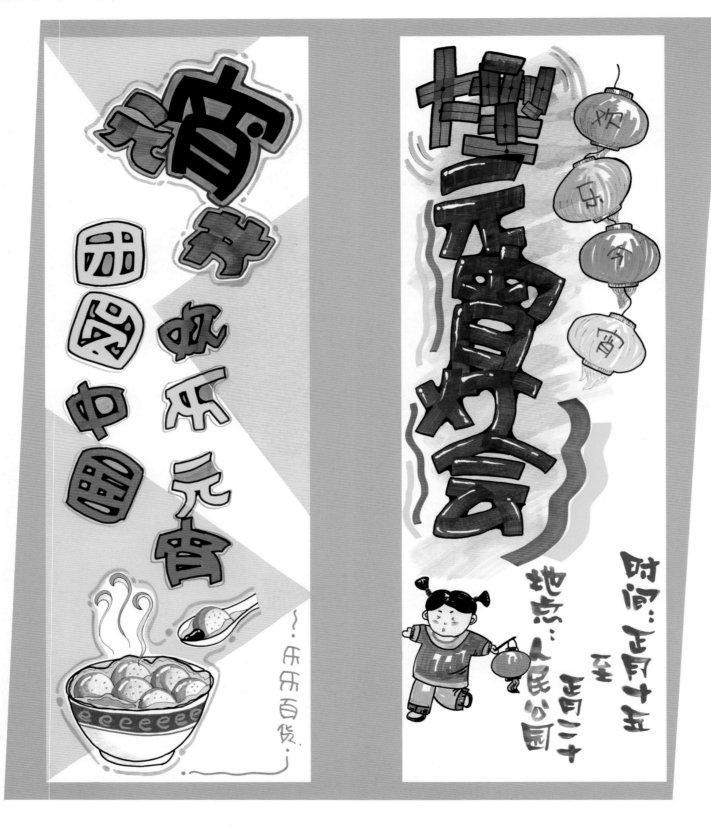

元宵节 共祝团圆中国 欢乐元宵

乐乐百货

欢乐闹元宵大会

时间：正月十五至正月二十

地点：人民公园

【清明节简介】

清明节，又称扫坟节、冥节，与七月十五中元节及十月十五下元节合称三冥节，都与祭祀鬼神有关。并且已有2500多年的历史了。又叫踏青节，按阳历来说，它是在每年的4月4日至6日之间，正是春光明媚草木吐绿的时节，也正是人们春游（古代叫踏青）的好时候，所以古人有清明踏青，并开展一系列体育活动的习俗。清明节古时也叫三月节，已有2000多年历史。

我国传统的清明节大约始于周代，已有2500多年的历史。它在古代不如前一日的寒食节重要，因为清明及寒食节的日期接近，民间渐渐将两者的习俗融合，到了隋唐年间（581至907年），清明节和寒食节便渐渐融合为同一个节日，成为扫墓祭祖的日子，即今天的清明节。

【清明节习俗】

清明节的习俗是丰富有趣的，除了讲究禁火、扫墓，还有踏青、荡秋千、蹴鞠、打马球、插柳等一系列风俗体育活动。相传这是因为清明节要寒食禁火，为了防止寒食冷餐伤身，所以大家来参加一些体育活动，以锻炼身体。因此，这个节日中既有祭扫新坟生离死别的悲酸泪，又有踏青游玩的欢笑声，是一个富有特色的节日。

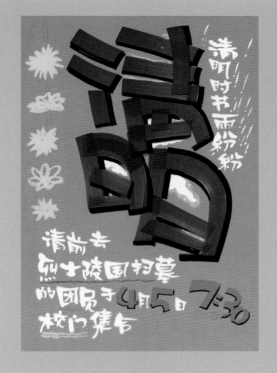

清明扫墓

时间：4月5日

集合地点：
篮球场

清明

清明节到了，学校
组织全体同学去
扫墓，请各位同
学准备好，请
勿迟到。

4月5日

清明节

亲思难忘！！

五色糯米饭．
3.8元/份
乡里牌腊肉
20元/斤
《利客隆超市》

【端午节简介】

农历五月初五，俗称"端午节"，我国汉族人民的传统节日。端是"开端"、"初"的意思。初五可以称为端五。据统计，端午节的名称在我国所有传统节日中叫法最多，达二十多个，堪称节日别名之最。如有端五节、端阳节、重五节、重午节、天中节、夏节、五月节、菖节、蒲节、龙舟节、浴兰节、粽子节等。

从史籍上看，"端午"二字最早见于晋人周处《风土记》："仲夏端午，烹鹜角黍。"端午节的来历，还有一种较为普遍的说法，纪念屈原。据说，屈原于五月初五自投汨罗江，死后为蛟龙所困，世人哀之，每于此日投五色丝粽子于水中，以驱蛟龙。又传，屈原投汨罗江后，当地百姓闻讯马上划船捞救，行至洞庭湖，终不见屈原的尸体。那时，恰逢雨天，湖面上的小舟一起汇集在岸边的亭子旁。当人们得知是打捞贤臣屈大夫时，再次冒雨出动，争相划进茫茫的洞庭湖。为了寄托哀思，人们荡舟江河之上，此后才逐渐发展成为龙舟竞赛。

此后，这一天必不可少的活动逐渐演变为：吃粽子，赛龙舟，挂菖蒲、艾叶，薰苍术、白芷，喝雄黄酒。据说，吃粽子和赛龙舟，是为了纪念屈原，所以新中国成立后曾把端午节定名为"诗人节"，以纪念屈原。至于挂菖蒲、艾叶，薰苍术、白芷，喝雄黄酒，则据说是为了压邪。

【端午节习俗】

吃粽子，赛龙舟，采药，制凉茶，挂菖蒲、艾叶，薰苍术、白芷，沐兰汤，喝雄黄酒。

你还可以
这样写

你还可以
这样画

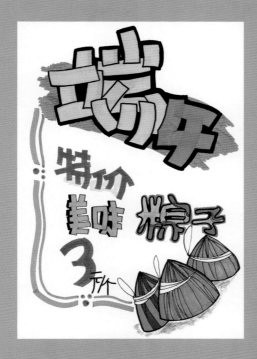

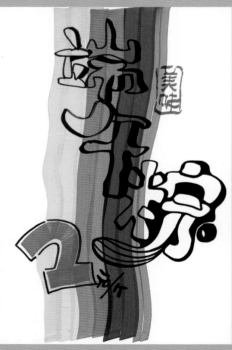

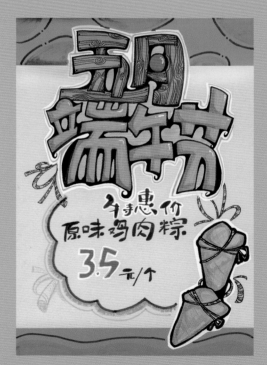

你还可以这样写

你还可以这样画

龙舟

龙舟

龙舟

时间：端午节上午9点
地点：中心广场

·小马公园·

你还可以
这样写

小李快餐店

端午送粽

端午送粽

你还可以
这样画

凡在本店
购买套餐
者·将获送
粽子

你还可以
这样画

端午节 零折 节日价：15元/斤
本店另有新鲜粽叶
各式豆类及八宝米出售.

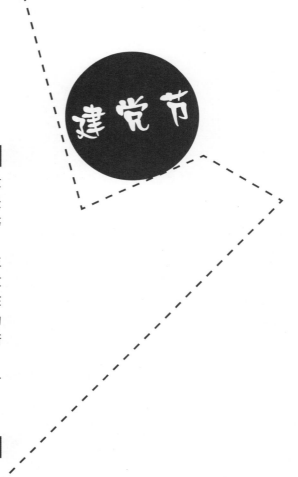

【建党节简介】

　　中国共产党成立纪念日，每年公历七月一日。1917年俄国十月革命胜利后，马克思主义迅速传遍到我国，经过"五四"爱国运动，最早接受马列主义的革命知识分子李大钊、陈独秀、毛泽东、董必武等人，相继在各地成立共产主义小组，宣传马列主义，从事工人运动。

　　1921年7月，在列宁领导的共产国际的积极帮助下，各地共产主义小组派出代表到上海召开了中国共产党第一次代表大会。大会通过了党的章程，选举陈独秀为总书记，宣告中国共产党成立。从此，在中国出现了完全新式的以共产主义为目的，以马列主义为行动指南的统一的工人阶级政党。中国共产党的诞生，开辟了中国历史发展的新时代，使中国革命的面貌焕然一新。抗日战争时期，由于环境困难，不能查记"一大"召开的准确日期，因此1941年党中央决定召开"一大"确定1921年7月的首日即7月1日作为党的生日和纪念日。

【建党节习俗】

　　张灯结彩、庆祝大会。

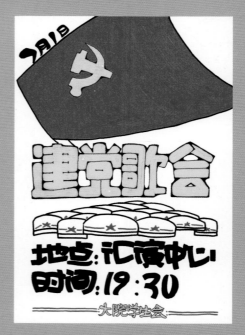

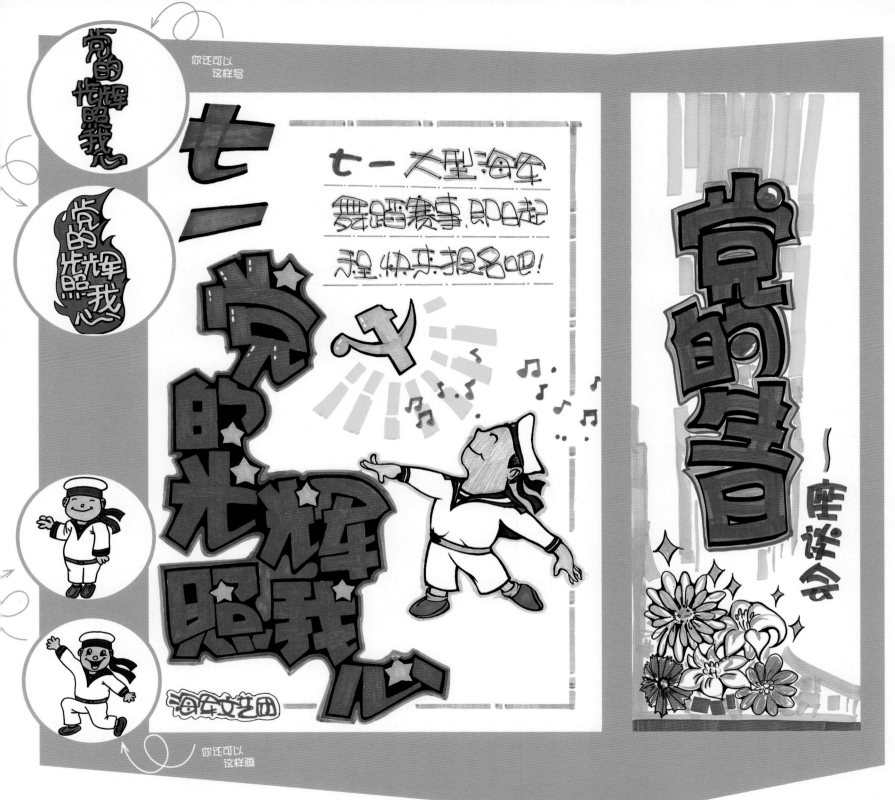

你还可以这样写

你还可以这样画

你还可以这样写

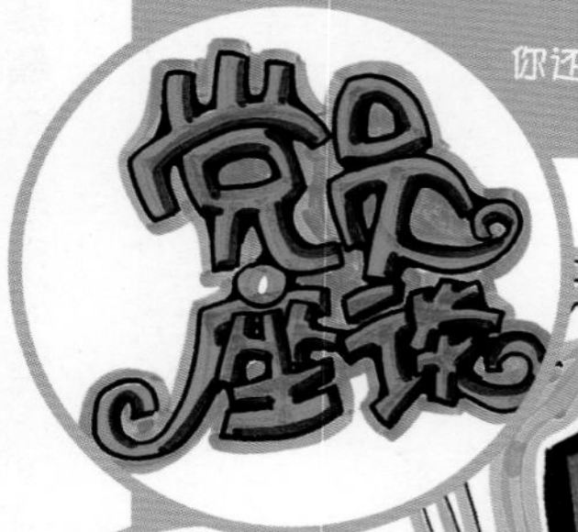
党员座谈

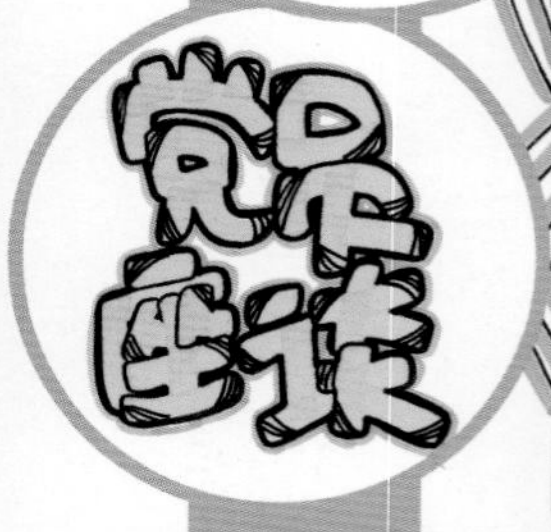
党员座谈

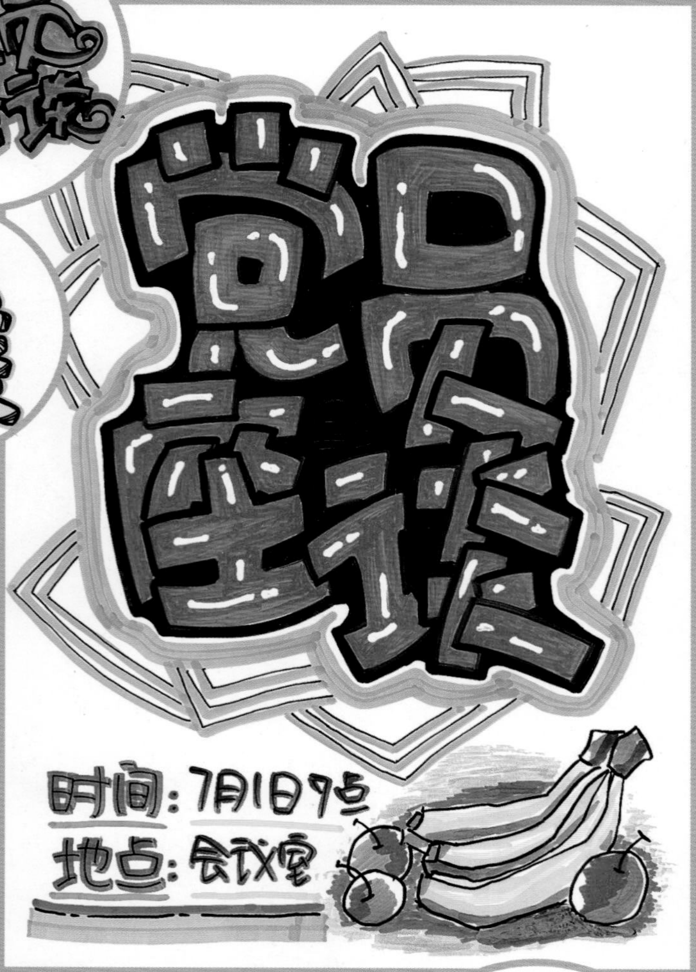
党员座谈
时间：7月1日7点
地点：会议室

你还可以这样画

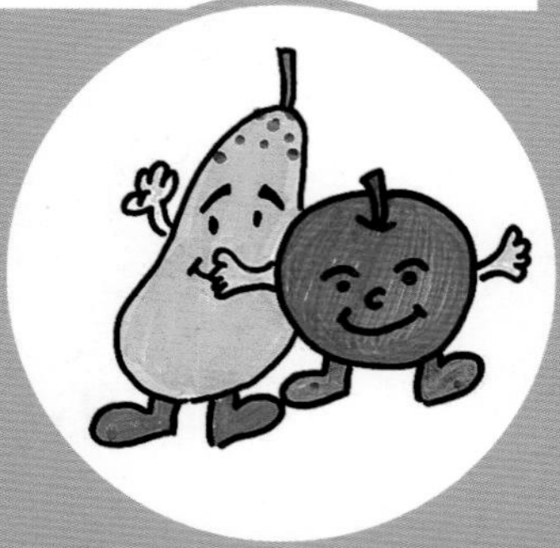

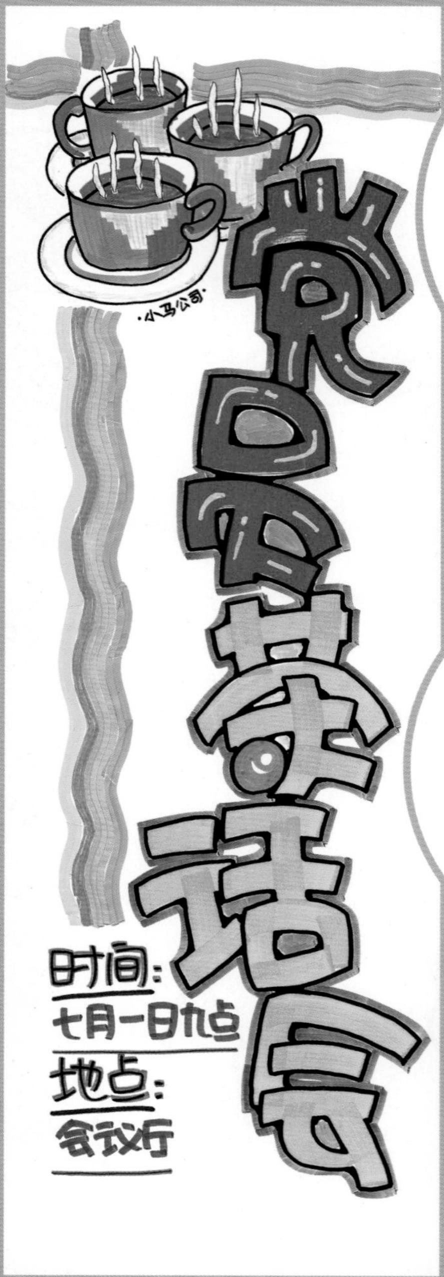
·小马公司·
党员茶话会
时间：
七月一日九点
地点：
会议厅

你还可以这样写

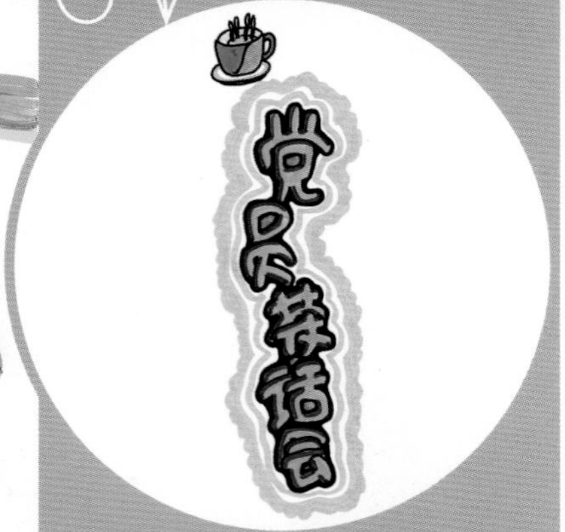
党员茶话会

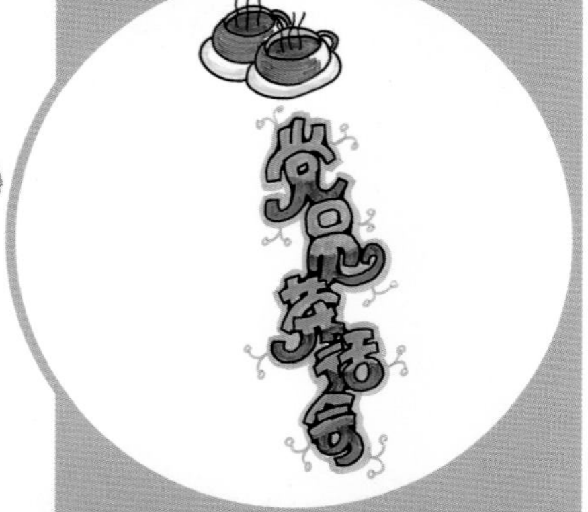
党员茶话会

【七夕节简介】

在我国，农历七月初七的夜晚，天气温暖，草木飘香，这就是人们俗称的七夕节，也有人称之为"乞巧节"、"七桥节"、"女儿节"或"七夕情人节"。这是中国传统节日中最具浪漫色彩的一个节日，也是过去姑娘们最为重视的日子。

"七夕"最早来源于人们对自然的崇拜。从历史文献上看，至少在三四千年前，随着人们对天文的认识和纺织技术的产生，有关牵牛星织女星的记载就有了。人们对星星的崇拜远不止是牵牛星和织女星，他们认为东西南北各有七颗代表方位的星星，合称二十八宿，其中以北斗七星最亮，可供夜间辨别方向。北斗七星的第一颗星叫魁星，又称魁首。后来，有了科举制度，中状元叫"大魁天下士"，读书人把七夕叫"魁星节"，又称"晒书节"，保持了最早七夕来源于星宿崇拜的痕迹。

七夕坐看牵牛织女星，是民间的习俗。相传，在每年的这个夜晚，是天上织女与牛郎在鹊桥相会之时。织女是一个美丽聪明、心灵手巧的仙女，凡间的妇女便在这一天晚上向她乞求智慧和巧艺，也少不了向她求赐美满姻缘，所以七月初七也被称为乞巧节。 女孩们在这个充满浪漫气息的晚上，对着天空的朗朗明月，摆上时令瓜果，朝天祭拜，乞求天上的仙女能赋予她们聪慧的心灵和灵巧的双手，让自己的针织女红技法娴熟，更乞求爱情婚姻的姻缘巧配。过去婚姻对于女性来说是决定一生幸福与否的终身大事，所以，世间无数的有情男女都会在这个晚上，夜深人静时刻，对着星空祈祷自己的姻缘美满。

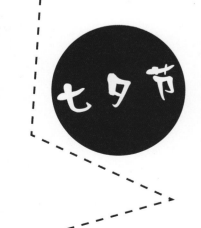

【七夕节习俗】

穿针乞巧、喜蛛应巧、投针验巧、种生求子、供奉"磨喝乐"、拜织女 、拜魁星、晒书·晒衣、贺牛生日、吃巧果。

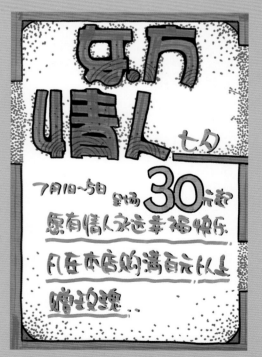

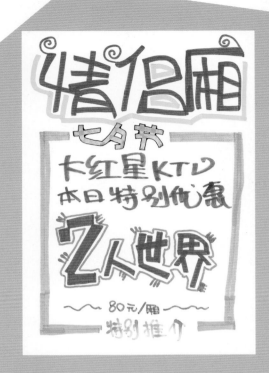

【中秋节简介】

中秋节是我国仅次于春节的第二大传统节日。"中秋"一词，最早见于《周礼》。根据我国古代历法，农历八月十五日，在一年秋季的八月中旬，故称"中秋"。节期为农历八月十五，是日恰逢三秋之半，故名"中秋节"，也叫"仲秋节"；又因这个节日在秋季、八月，故又称"秋节"、"八月节"、"八月会"；又有祈求团圆的信仰和相关节俗活动，故亦称"团圆节"、"女儿节"。因中秋节的主要活动都是围绕"月"进行的，所以又俗称"月节"、"月夕"、"追月节"、"玩月节"、"拜月节"；在唐朝，中秋节还被称为"端正月"。关于中秋节的起源，大致有三种：起源于古代对月的崇拜、月下歌舞觅偶的习俗、古代秋报拜土地神的遗俗。

【中秋节习俗】

中秋祭月、文人赏月、民间拜月、"烧宝塔"。

中秋月饼

商场内各品牌
月饼全部

7 折

·媛子百货公司·

你还可以
这样画

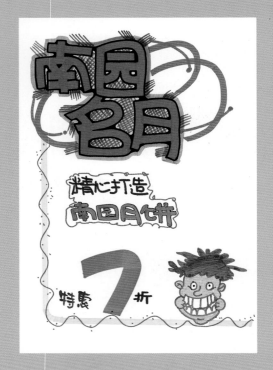

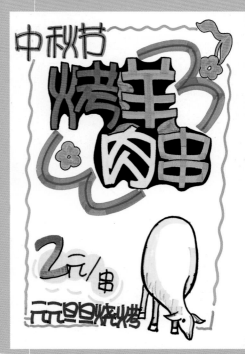

你还可以
这样写

你还可以
这样画

你还可以这样写

你还可以这样画

【重阳节简介】

农历九月九日，为传统的重阳节。重阳节（the Double Ninth Festival）又称为"双九节""老人节"。因为古老的《易经》中把"六"定为阴数，把"九"定为阳数，九月九日，日月并阳，两九相重，故而叫重阳，也叫重九，古人认为是个值得庆贺的吉利日子，并且从很早就开始过此节日。九九重阳，因为与"久久"同音，九在数字中又是最大数，有长久长寿的含义，况且秋季也是一年收获的黄金季节，重阳佳节，寓意深远，人们对此节历来有着特殊的感情。今天的重阳节，被赋予了新的含义，在1989年，我国把每年的九月九日定为老人节（敬老节），传统与现代巧妙地结合，成为尊老、敬老、爱老、助老的老年人的节日。

【重阳节习俗】

庆祝重阳节的活动多彩浪漫，一般包括出游赏景、登高远眺、观赏菊花、遍插茱萸、吃重阳糕、饮菊花酒等活动。

赏在重阳

爱在重阳

你还可以这样写

爱在重阳

农历九月初九

吃螃蟹，

赏秋菊，

浸在菊花的世界里

中心广场将进行一次

菊花展

你还可以这样画

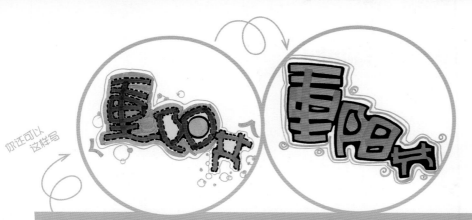

你还可以
这样写

你还可以
这样画

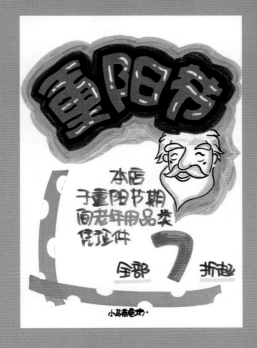

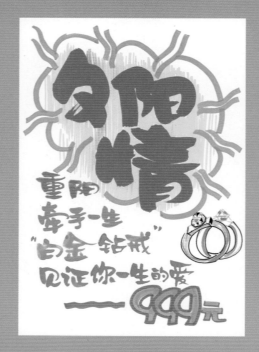

雄黄酒
39元/坛

酒

重阳节

酒

壮家白酒
好喝一极棒

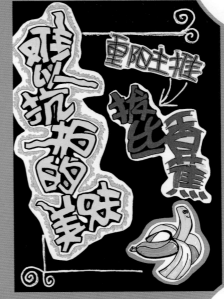

重阳主推

难以抗拒的美味

皮比香蕉

你还可以
这样写

唯以抗拒的美味

难忘重阳节

重阳送礼
今年重阳
苟女老还差……
脑白金

夕阳红
重阳节特别活动
青秀山
一日游
报名电话：5333136

重阳节

重阳节大酬宾
全场6折
·媛子百货·

重阳节

你还可以
这样写

你还可以
这样画

你还可以
这样写

重阳节 当日购买
老年用品 5折

夕阳不限好

夕阳无限好

夕阳无限好

夕阳无限好

你还可以
这样画

老年人活动室
重阳节 期间活动安排

10月5日～10月8日 国际象棋 预赛、决赛
10月9日～10月10日 门球比赛
10月11日～10月14日 交际舞比赛
10月15日～10月16日 围棋比赛预赛、续

重阳 登山 英雄会

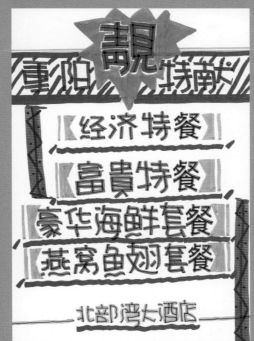

图书在版编目（CIP）数据

节日大营销·手绘POP. 传统节日篇/陆红阳，熊燕飞
编著. —南宁：广西美术出版社，2010. 2
  ISBN 978-7-80746-945-2

Ⅰ. 节… Ⅱ. ①陆…②熊… Ⅲ. 广告—宣传画—设计
Ⅳ. J524. 3

中国版本图书馆CIP数据核字（2010）第025005号

节日大营销· 手绘POP—— 传统节日篇

JIERI DAYINGXIAO ·SHOUHUI POP—— CHUANTONG JIERIPIAN

主　　编：陆红阳　喻湘龙

编　　著：张 放　曾筠毅　何莉丽

出 版 人：蓝小星

终　　审：黄宗湖

图书策划：陈先卓

责任编辑：陈先卓

装帧设计：熊燕飞

校　　对：罗 茵　肖丽新

审　　读：陈宇虹

出版发行：广西美术出版社

地　　址：南宁市望园路9号

网　　址：www.gxfinearts.com

邮　　编：530022

制　　版：广西雅昌彩色印刷有限公司

印　　刷：广西民族印刷厂

版　　次：2010年4月第1版

印　　次：2010年4月第1次印刷

开　　本：12开

印　　张：11.5

书　　号：ISBN 978-7-80746-945-2 /J·1193

定　　价：56.00元